雲の名前

佐峰存

思潮社

雲の名前

佐峰　存

思潮社

霧は深くなるばかりだった
大きな歯が回る路地裏に
踏み込みながら
雲を思う
私達の姿かたちを包み隠していく
雲
繰り返し　どこからか
胞子をまく導体の
雲
手をすり抜ける空洞を封じた
埴輪の地層より　こぼれる声の膜を
積み重ねてきた丘陵
人影の揺れ続ける鉄の燭台
滑らかな　荒原の毛に浮かぶ
これまでになく　またとない形状

流動宮　火が
手元に点り散ると
あなたの指があらわになった
鏡に無限は集光される
私達は鼓動と痒みを所持していた
酸素と呪詛が出入りする
帆をひろげ　爪の先で海水に触れる
関節を曲げて引くと
固有の柔らかさが分離した
たぐり寄せる　土に砕けた唇から
呼気が立ちのぼる
樹木のように　発光源へと伸びる舌で
生まれたままの雲を
呼び止めた

Ⅰ

Ⅱ

装画＝甲村有未菜
装幀＝思潮社装幀室

I

輪転

火柱

真夜中の都市の空が
赤く脈打っている
沖合の工業地帯に伸びる
巨大な煙突が一日の残り香を
一斉に処理し　天の頬に向かって
吐き出していく
気体は風の航路を滑り続け
地平の町の寝息まで
火を運び

郷土が費やされ　空高く
乾いた背骨のように漂流している

包丁で刻んでいくと一瞬
炎が立ち上がって見えることがある
輪切りに解き明かされる
私達の呼気はやわらかく燃える
指が明るみを増す

ふとしたきっかけで
産み落とされた血液は巡り絡まり
異物として　爪からこぼれ
入り組んだ工場へと送られた
尖塔からは　あらゆる音が生じる
管楽器の擦れ　角膜を破る風のこえ

遠くで眠るあなたも
揺れていて　足元はおぼつかない
熱が込み上げる

火柱は　明星をかたり
幾何学の棲み処を照らす
コンビナートの鋭角に浮かぶ先端
燃やされた微生物の
成分からは　あたらしい匂いがする
そうして　海に寄り添う私達の
息に走った罅を　赤く照らす
いつまでも
明日があるかのよう
脇目も振らず　急ぎながら

梱包

目覚めると　未明の青が
カーテンの下で膨張している
秒刻みに熱を持ち
分子が動き出し
いたる方角へ物流が始まる

鼓室
過渡の時間は
隅々まで満ちていく

沈黙を横断する
汽笛　入眠者と入れ違いに
起床した生物が
埋め尽くす　渓谷の奥底
小さな電車が　陽の筋をくぐり
環状線が点滅を早めていた

咽頭

滑らかな温度を
探り当て　丘陵から襞の雲へと
実を揺らしていた指の麓
陽が射す
血行　風の動悸にひらく花
天井を背に浮かぶ
資材が五本

かすかにふるえている

脊柱

彼方を掻く離陸音は
まだら模様　すると曇り空
設計者の筆先が　迷いのない翼の
先端を記し
透明な気流を切る
恐怖症の乗客の膜には
飛ぶことを知らなかった
十八世紀から楽曲が挿入される

肢体を持ち上げ
既製服に心臓を梱包する
処方に沿って

珈琲をカプセルから抽出し
顫動を書き換える
臍の回廊　伸縮する素足は
革の冷たさに浸り込む

差出人も宛先も分からないまま
今日は遠くの山まで運ばれる

夜の鼓動

Ⅰ　装束

黒い服を着た人々が
描く渦　地底に接する階段を降りて
吹いてくる風を今宵も聴く
床には多くの痕跡が
散る　ガムの恒星の穴
靴底に運ばれた葉の破片　誰かが
置いていったポリ袋の空腹

小さなスタンドに
数えられない色が圧縮され
繁みのよう　滾っている
澄んだ胃液の傍ら
片方のみの翼

水路は濁っていく
闇に溶け込んでいた長い車輌の
鋼鉄の扉が　息を吐く
踏みしめながら　乗降する
背丈が鎮まると
車輪の歯が擦れて
埋没した夜空が回り出す
映ったこめかみ
灯の矢が　貫通し

壁画のように　身体はうごかない
鞄には濡れた内臓が隠れている
ふと　見知らぬ指先が
瞼の前まで滑落してきた
時計に厚く囲われた　明るい静脈
私も密かに点滅する

私達は　土から
火の粉の直中へと上昇する
手摺りに全身を託すと
繰り返される放送の
濾過された口調
薄らいだ鼓膜に揺れ
おぼろげな肉を
百貨店の丸い窓が

黄金色に　切っていった

Ⅱ　鏡像

深夜の湖底に軋み
傾く満員電車の吊り革の森
年季を重ねる群生に迷い込んだ
毛深い蛾が　束の間の心を運んでいる

一対の翅がなす　羽ばたきの綿は
ふくよかな腹を風船のよう
蛍光の波打つ宙にのせ
読まれることのない軌道に
呼吸を紡いでいく

速度の中を飛ぶ速度
鋼橋を潜り抜けてきた関節に
沁みわたる音程　傍らで
人々の目鼻も樹立する
水を通わせ
時間の苔を育みつつ

疾走する生態の園
蛾の鏡像は火花をひらき
脱皮の果ての柔らかさにそよぎ
やがては昏々と
眠り込むのだろう

今はまだ　遠くまで美しい
窓ガラスの硬さにしだかれて

こぼれながら　太く滑る脚の爪
居住区が液状に
幾重にも加速している

Ⅲ　鉄線

腕時計の動く針は
どこにも向かっていない
入り組んだ手首
響いてくる往来の声帯
施しようもなく
変形する街と　起伏に富んで
乾く土地を今日も
通過した

帰宅すると　まずは顔を洗う
肉をたたくと　海底で
沈没船が傾く
巡る　生物の気泡
消えていく爪の
角度が　今は上を向き
斜めに泳ぎ　洗面台に浮かぶ
指が　照明に円い腹をさらしている

太陽に接近した
背骨は火の粒としてほどけ
瓦礫となった
交感神経幹神経節
颪の喉元で
旋回し　蛇行しながら

明日に蒔かれる精
おちるほどに瞬きを増していく

地上に出たときに
見つけた満月を思い起こす
寝床へと導く　階段の踊り場には
生物のかけらがあって
小さな草原と化していた
目で触れると　鉄線のように沁みた
冷えた鼓動はよく光る

起床

目覚めの瞬間は
針のように　少々痛い
眠りから脱した　ふくよかな部屋で
まずは臓器が浮かび上がり
そして地鳴りは　末梢へと移動し
足裏の影に淀んだ質量を
木の床に着地させる
歩くということは
底を踏みつけることだと

知らない街の音が告げている

生まれたときより
手を見ていると　まるで植物
ひとりでに　ひらかれて
触れるものの色も変わっていった
あなたの　鍵状の関節
夜の錯綜に落としてきたものを
呼び戻そうとすると
舌はひたすら乾いていく
繁殖する　微生物の穂で荒れた
肉の味　黒い朝の蜜が

陽の膨らんだ壁の芯から
隣の工事現場の鐘と

航空機の転がりが響いてくる
大気が　震えているから
ただ　剝き出しの
苦い硝子に　歯を当てて
重たい水を飲み干す
カーテンを分かつ　白銀の光の柱
咽頭とまじり合う湾は
抜群の切れ味だ

裸の腕の表層は　波のよう
血管や細い毛を丸呑みにしながら
沖合を流れてきて
手首のあたりで泥と共に濁る
明晰夢の小部屋　伸びてきた指の
方角はばらけ　行く末は

透明な星々の隙間をさしている
息を吸うたびに
薄い膜の向こう側の世界は
姿を入れ替え生滅する

布をほどくと　はだけた空の
一点に宿っていた鳥が
大きな輪を描いて
私達の先々へと　崩れていった

風脚

アパートを出て見上げると、底なしの宇宙が広がっていた。足を辛うじて繋いでいる引力、致命的な行程を秒速で進む。ビルが切り拓かれた幾何の領域に吸われる、夢境の匂いが残った指先も。

大気に乗ってしまえば作法の王国で、気付くと駅の構内から交差点に出るところだった。自動ドアが震え昇降機の鈴、九階では儀式が始まっていた。

矢継ぎ早に届くメールの穴が分裂する。一つひとつに砂利を送り込む。「陥落の前に創業家が列をなし渡るのだ、戯れだと思えば楽になる。」

いつものように記憶が飛んだ。

＊＊＊

瞬く間に夜が来て磁気が去る。未だに照る区画では頭部が見え隠れし、複写機の横でそよいでいる。波打ち際の小奇麗に伸びた腕、秒針のみが毛を逆立てる。磨かれた照明の輪とともに器の燃料を捨てる。電気を残して土におりると一帯は溶けていた。

狐火が種を揺り起こす。排水口が乱れる色を飲む、毒液の澄んだ音。終電間際の不鮮明な廻廊を迷う、止まりながら歩いてよ、さもなくば帰ることはできない。

地底が吹いてくる。煤けた天井から繰り返される、際限なく、駆け下りは危険です、紺のオルフェの背中が消えた、踏段は頭蓋の硬さだ。触れた画面に残像が流れ、濡れた芋虫が滑ってきた。

まどろむ瞼の隙間に金属が挟まっている。正面に増殖した、覆った顔と重なって、街路が崩れていく。

最寄りの出口に着くと片隅に光の埃、手前の信号が小雨に割れた。打つ文字が真珠を孕む。ほどけるように階段をのぼり、踊り場を旋回する。影は放射状に散る。鍵の密度を孔に挿し、扉を押すと風の声、窓を閉め忘れたらしい。

滑車

幾層にも束ねられた金属の扉が開いて
滑らかな革靴を踏み入れる、床が揺れ
　　体幹を回転させると密室が成り立って
　包み込む暗闇の中で浮き出した、垂直
な矢印と背骨の先で視界を動かす、精
緻に切り取られた数字の内側を毛虫の
　ように光が這っていく、四方の水面は
朝、ここでは陽が沈まない、私も微動
だにせず、反射を見つめていた。重力

が腱を引き出すと、新たな数字が膨ら
んで、頭上から座標を告げる声、扉が
開くと花園だった。一人が入ってきて
蜜の残り香で充満した、扉が閉じて放
流された銀幕の宇宙に、呼吸をほそめ
ていると、再び重力が腱を引き出して
数字が発熱する、扉が開く、戦地ダッ
タ、配列を無毒化するための煙を撒き
ながら、壊れやすい表情を防護した三
人が入ってきて、鼻腔に粉塵が広がっ
た。黙禱のそこここで薬莢、半生命体
の質量が垂れ下がる、数字の内側を光
が増幅する、空が近いのだ、脊髄は逸
脱のない直線を描いて、地にたたずむ
樹木を圧縮した。

名刺

さし出された指先からは
刷り上げた爪の軽やかな匂いがした

交わす声の繊維が　密かな鼻腔を
通り抜け　体内に沈着する
複雑な線の痒み
合成樹脂の意識が　私の
隅々で水滴となって膨張し
あかるい手の首

蛙の腹のように薄い脈の
揺らぐ結び目が　滑っていく

小部屋の扉を封じながら
あなたは雲の根元から来たと言った
そんな私達の目鼻も
崩れそうに咲いている
発芽して　陽の角度を追ってきた
稲妻状の管に繋がったまま
饒舌な沈黙が
深々と軋む

これよりともに　ひとつの
画面に記号を落とし
遠くの岩肌に触れることになる

背後の窓の向こうでは
途方もない無音
手つかずの木が激しくしなっている
つくられたばかりの巣が
卵をのせて　流れていった

薄切りの一閃
午後へと
ひらいていく表層のなかで
活字の氏名がくっきりと　影として
踏み止まっていた

満ち欠け

終電間際の交差点で信号を待っていると、閉店した量販店の出入口の上に掲げられたモニターに膨張した顔。青白い構内からは発車のメロディ、眩さを背に影となった男の輪郭がよろめきながら異物で充満する外界に出て、循環を続ける俳優の直下の地面に既製服のままで腰かけた。光合成を始める。私の縁に入った眼は体育座りの個体と半ばペンキの剝がれた横断歩道の大陸棚の模様を行き来して、機器のおぶさる脊髄を覚えている。アスファルトには宝石が組み込まれ施工された天頂の画面に応じ代わるがわる色を弾いていく。合金の霊柩車が遮っていった、今日は数が多い。月が欠けているからだろうか。

昨晩の月は薔薇だった。携帯に焼き付けてから、ひんやりとした穴倉で糧を調達した。

一日の靴底に磨かれた床の斑点に照明が重なる、ちょうど恒星が誕生するところ。衛星のように乱射される栄養ドリンク、埃が棲息する金箔の傍らで消毒液は売り切れていた。週刊誌の顔ぶれが刷新されていて荘厳だ、露わな口元の花弁が各々腫れていて小さな骨が濡れる。冷えた棚から汗ばむ葡萄を、常温の畑からは皺くちゃに包装されたパンを摘んだ。打刻されていく生煮えの街路と昇降機を潜りようやく部屋に辿り着く、氷晶を点灯すると鮮やかな瘡蓋。炎が突き破った窓、報道では拘束されたらしい、何百年もの待機のあげくに今も燃えていて。

駅に踏み込んだ瞬間、厩舎のにおいがした。月面も同じ香りがするよ、と緻密な改札の作動音が鼓膜に散った。引き返し、増築中の祠を抜けて目鼻のない精算機と対向する。ふと見ると未だに男は座り込んでいる。その肩からは新しい腕が発芽していた。

仄かな街角から

都心の駅前広場から見上げると、
燈が蛾のように崖に張り付いていた。息を潜めた真空、
鼓動が漏れている。そのはらわたを出て、
罅割れた地面に降りてきた私は、声にまみれて水を飲んでいた。

喉を流れていくのは　柔らかな煙となった列車
加速しとけながら散っていき
粘膜ばかりが残った
循環の　行き渡る根を

辿ると蜃気楼　訪問の叶わない
数多の塔と往来が　気管支の奥で
葉を揺らしている

「東でまた爆発があったそうです、
電話の洞に語る誰か、の振幅を聴く耳も霞に繋がっている。
硝子の縁は円い痺れを宿し、研がれていた。

氷の輪郭が　時間に
吸い込まれたきり　帰ってこない
転がる味覚で参照する　眼
あなたの気配　が溢れる小雨が蜘蛛の子のよう
しなり刺す　疾風に
澄んでいく車両と入り混じる
あらたな　乗客たちが

寄せられては放たれる靴に集う海月の傘、
容器に映り込んだ指紋を拭き取ると、
液はふるえ、録音された肺活量が点滅した。
明、暗の切り替わる域の色、酸素の応じる瞬間に、

頬と口をよぎる
笑みの傍らで耳朶の花が尖り
厳かな歯を覆う唇が　精密に滑り変化する
収縮し翻る　掌と爪で
顔のない粒　の打たれた果実に鉄の先を当て
遊泳した挙句に　甘い固体は砕け
粉塵となりひろがった

画面に留まる陰影が向く度に、

膨れなびく指は赤い。
ウェイターの手首の翳りから蔦が垂れている。
知らない紺碧の服、の呼吸が毛を羽織ってほどけていった、
光り続ける壁。

煉瓦の弾けた黴
火球　が襞を重ねている
星は高温ガスの塊なんだって
触れる前に　腕は静けさへと突き抜けてしまう
袖の端に鼻を近付ける
動脈のもとで　周到に施された　配線

繊維の中から交差する面持ちを眺めていると、
うっすらと泥が覗いていて、
「あなたも私も、同じ断層から生じたのだ、

と声にならない声がした。
種—孵化、遭遇、したわたし、たち自身は産卵せずに、
遠方より迫ってくる入道雲を、
凍えるように背筋を伸ばして迎え入れた。

小さなスイッチと皮膚の接点で
饒舌な蒸気がやむことなく立ちのぼっていく
もはや空に対して　かける言葉がない
地上から　あなたたちに

窓は列を組み、黙々と一帯を照らした。
やがて暗くなり目を凝らすと、幾つかの翅がはばたいて、
今日の日付とともに抹消されるところだった。

仄かな街角から

全ての水が流れ着く　夜の直中へと

Ⅱ　地殻の中で

窪地

漂う綿毛の羽音、光る看板の文字が読めなくなる、今日の雲はそのような色合いをしていた。可変長符号、車窓が過ぎて空の盤が低く回転する、行き交う人々もゆっくりと時刻を告げる。

画面を抱える何本かの指は新種の生き物だった、藻でも触手でもない軟体、それぞれの先端にはめられた貝殻の奥で陽が昇っている、苦味が滑る、

冷たさが舌から喉そして天へと砕けていく、わたしは蚊柱にほどけた、すると風の形が見える、ちょうど海原を馬の群れが蹂躙し、丘陵の血行が捲れあがるように。

まどろみが燃える、輝きのなかで炭素とウランが混じり合う、皮膚は腫れる比喩として温度の屈折に遠くの殺戮を映していた。向こう側では、目覚めの触覚が隠喩のまま、脚を鳴らして駆けていく。誰かが去ったのだ。

蒸発した声に耳はいつまでも渇かない、風の皮が剥け出すとビル群の欠け始めた頭が見えた、きらびやかに化膿しながら尖っていき、空の膝が裂けるとこぼれてくるはらわた、夜とは染まり切った紅だった。

所どころにひらく燐光、角膜とともに一帯は割れていた。瞼を閉ざしてもひたすら炙る波線が走る、今晩も星が降っている。

気づくと固有の虫が液の膜を白くへこませながら、横向きに小舟を浮かばせていた、そこから今が自転して、足元を揺らす。たましいの体積は粒子よりも小さい、名前の翅がとまれるからには。

呼称

職場から帰宅した瞬間、上着が朽ち始めた。すべらかなボタンを外していくと、一日の濁りを含んだ皮膚のざらつきに指が接した。薄暗い浴室の鏡に立ち入って、腕を泡立てる。今晩も大勢で車内の揺れに身をゆだねていた。軽い衝撃が襲うたびに窓の奥の高層ビルの明かりが抛げ落ちて、街が空に近くなる。

これからあなたに会いにいく——この肉には透明な識別番号が契約や出生によって与えられ、街は探索する装置を有している。不具合が起きたときには安らかな顔つきで、手際よく回収にやってくる。

あなたの呼びかけが指すのは、私のどの部位でもなかった。石鹸の膜に滾る表皮、崩れつつある目元、芳香にひらかれる鼻孔の粘り気、嚙み砕く起伏、その奥で滑り続ける骨や神経、が引き刻んできた生い立ち、ましてや世界のどこかで鮮度と共に保管されている記録でもない。

私と称された地点に立ち尽くす衝動を突き詰めてみたい、と曇った鏡面に足から髪まで散乱する火の核より心臓が膨らんでいく、たとえば渡り鳥の直感で飛来した、あなたによる呼称。微小な地層の傾きに流れ込む血潮。シャワーを止め、冷気に出て輪郭を取り戻す。

支度をする私の前で、テレビでは服を重ねた一糸乱れぬ軍人のパレードが放映されている。角度を保った表情は均等であるからこそ、僅かなずれが露呈する。一人ひとりのはらわたは、まるで異なる方角を向いていた、声を潜めた身体の密室から革命は起きるだろう。

爪の先まで波を打つあなたと私の希求は違う、その擦れは私の視界に色を持つ。火花を見届けるため、洗面台で眼球を整える。卵から深夜へとわたるべく、翼を模した両手に水道水を浮かべる。底に膨らむ掌はいつまでも赤みに澄んでいた。

交点

深海の夜に漂流していると
テーブルの木の表面の渦が動き出し　液体の冷たく
透きとおった火に　時間が傾いていた

あらゆる声が交わりあう、対面するあなたの指の一歩先の空白を追いかける。扉の音、に反応し揺らぐ何本か、の皮膚の波が、小石が落ちたよう円形に広がって。また何人か革を着た声が飛び込んでくる。

空白はとじたりひらいたり、唇から弾かれる饒舌なかたりの土台からずれ始めながら、しきりに宙を弄っている。香りとして残留する軌道の輪郭は、魚でもあり、今にも暴発しそうな新聞紙に描かれた人がたでもあった、が湿り輝く指、あなたの無言の方の声は、丁度、かの敷居をくぐっていくところだった。奥へおくへと崩れながら、そう、爪痕を行き渡らせる、ことが肝要だ、と。

琥珀に閉じ込められた　小動物の脚のよう
黒いストローが屈折する

回転、氷が姿を変えて、浮かぶ肢の行方――警報（コレハクンレンデハ……）、壁の向こうの繁華街では声が走っていた、照らされた磨りガラスを切っていく影が、がたがた揺れながら、あなたは携帯画面に辿り着き、検索を始めた。指が（濡レ）、滑っていく（発セラレル）、踵が混じり、光だけを握っていた。

ニュースとは　反復しなかった
分の世界の欠片だと
容器を持ち上げ　あなたは言った

中身ノトビダシチマッタ寺院ノ岩ノ斜面を、駆ける指が見せてくれた写真は焔ノ変色シタ部イ、綺麗でしょう、確かにそう見えた、あなたの尖った真水のあとだったから。

「火ノ粉はテレビで生でみていたよ、伝達される始終の、継ぎ接ぎばかりで出来ているのね、私たち。

爪を立ててあなたは器用に密閉された蓋をあけた、内容物が木目一杯にこぼれ出た、唾液のように泡立ちながら、まるで四月の匂い、

割れて穴の空いた大気から溢れた
私達は鉄色の計画を立てた
文字を打ち込むと
遠くの樹木の葉が擦れた
夜更けが近付いてくるのがきこえた
硅砂の明るみを浴びて勤しむ、布巾の合間、指が飛び出し、顔をもたげる——鳥だった、

潜り込んで見つけてきた安らかとも残忍とも言い切れない顔、火事場ヤ乾燥シタ薬莢ノアラユル声の交点にはいつも少し遅れて貫通していく飛翔体がいる。

原野を拭き取ると、ふとよぎる、あなたの指の空白に私の指紋も伸びていた、訓練、ではないのだ。

咀嚼

今晩もサイレンが聴こえてきた
どこからともなく　発芽し
部屋に近付いてくる
無言の照明
　　　　映る交差点の心肺
炙られる内壁から
　　　　　　　中世の錆びた霧が
再来し　蝸牛にしみ渡る
旋回　運ばれていく

見えない身体が
運河の傍らで曲線になる

薄い膜を挟んで
二つの夜は　絶たれている
私の方では化学品で
生臭い　指先で
皮膚のように破いた
パンの重心を
引き出して　歯に当てる

舌尖に付着した瞬間を
繰り返し　確かめながら
酸素とともに原型を噛み砕く
胃の暗がりの求めに応じ

次は熱い液体に
　　　　　　浸して
端を器用に摘んで
　　　　　　　　唇へ滑らせる
カーテンの網目が充血し
通りすがりの光に切られていった

滲む外気に
歯の先で繋がるたび
解読の届かない棘と鏄が
扉をたたくよう　刺さるから
ひと思いに飲み込んだ
窒息が　咽喉を落ちていくと
谷底では乾いた音がした
夜を分けている境界が

欠損し　私も
もう一日分　透きとおっていく
窓に目をやると
街の火がくっきりと　膨張していた

着火

外は肉眼で見えない成分で満ちている。
漆喰の壁と機材に囲まれた巣窟では、
鋭い小窓の曇り空と
そそり立つ画素の断層が光っていた。

色彩の詰められた河岸が滲み込んでくる、
海を隔てた人々の喉が耳元を濡らし

鼻腔が膨らみ熱くなる、
漏れる煤煙、現場の知人が

送り続ける、殻で身を固めた
添付の引き金をひいて

溢れそうな爪で白地を埋める、
暗号は花弁の形に掻き、痕をのこしていく、

解凍された街路の車の脇腹からは
紅葉が生え、胞子をしきりにまいて、
傍らでは顔を覆った、誰ひとりの肉でもない
歩行が交差する、足で跡地を確かめながら

持ち出した器具で照らす、
底は既に抜け、肺はひたすら乾く。

ひんやりと硬い半円盤を回し
窓を放つと、奥地は濡れている。

布切れのように腕を垂らす、たちまち
焔があがり、空洞の重さに落ちていった。

未踏

指紋はいつまでも広がっている
その中心に　投げ込まれてきたもの
新たに沈んでいくもの
かつて住んだ地では　今日
無防備な家具や骨が　積み上げられ
図面に沿って装甲を施した
車両を阻んでいた
育んできた肉の部位を彩色で覆い
眼だけを露わにした集いが

各々とめどなく動き回り
慣れ始めた手付きで
火球を　宙から生んだ

海で隔てられた私の部屋では、
静けさの中で朝が間合いを詰めてくる。
秒の埋葬に萎びた指先でひと押しすると、
街角が縦横に拡大し、
画面の奥で硝子が砕けた。

洒脱な商店に充満する夜に
人体が入って行く
緻密な原石に限らず
使い物にならない割れた
テレビも昼へと運び出した

抱えた塊の鋭い重量
に反射した光の傍らから
見知らぬ者同士があらわれて
幼馴染のように示し合わせ
小動物の床に似た
布を敷いた段ボール箱に　焔を寝かせ
荒く放り投げた
ひらいた暗部に遺棄された熱が
剝き出しになると
ひとりが我に返ったように
飛び込んで　足で踏み付けながら
元の闇を呼び戻した
その顔は　私と学びを共にした
あなただった

店はまたたくまに蛻の殻となる。
人々の姿が映像の枠をはみ出ると、
ほどなくして隣の方角で、歓声が上がった。

耳の中で　腕も脚も背筋も
前へ　斜めに
目一杯に屈折して
渦巻く灯油を撒いていく
液の音　滑り続ける血
その先には沼が
深い海がある
寡黙な頭部
水底に向かって　どう半身が
伸びて　あるいは　泳いでいるか
視界から隠されたままに

突風が移ろっていた

スピーカー、
擦れる、きらびやかな、
煮えくりかえる、嬉々とした決壊の、
音程が、起こるがまま、眠りを探している。

「私達は、青写真からいなくなる」
「跡地に火の粉を流し込む」
「薬として処方する」
あなたは内科医になりたいと言っていた
(アスクレピオスとは呼ばないで)
飛行機雲　名前の糸は紡がれて
日ごとに絡まり　置き場のない毛玉となる
「よく燃えるよ」

ダイオードに照らされた手首に、
漂着した私の指を仰向けにすると、
輪切りの時間がふるえていた。
紋の扉を波が叩いている。

鉄棒を握りしめる　あなたが
見つけたのは
外科医の指だった
執刀の後には痕が残る
踏破のされていない山脈を
等高線で繋ぐ　ようにして
皮膚にしみわたる　真空の地帯を歩んでいた

発芽

戯れに爪を立て　皮膚の
丘陵を辿っていく　ふと割れた
紅の球冠が膨らんでいき
部屋を灯らせる　肉の眼には
うつらない細胞らの繁忙を
拭き取ると　傍らの傾く画面が
抑揚の欠けた声で状況をかたっている
永劫なるもの　に向けて
装飾の施された建築は
秒の厚みで　消滅と隔てられ

一本の権限を帯びた
指の滑落で剝がれ　真空となる
遠方から帆翔する映像に
私を包む市街も翻って見えた

ひとつの文字列のもとに
積まれてきた村に　今は雨が降っている
平たかった壁の随所で時間が屈折し
雲の飛び地として腫れていた
髄から濡れ　尖った石
炭と化した直中の大気に
差し込んでくる担架の視線は
まばゆくながれる液晶の対岸の
脆さをも察知しながら　衛星のように
閃光を示し　切れ目へと　運ばれていった

見えなくなる瞬間　まみれた上腕の先で
指が一斉に動き　てのひらの前の
宙を捥ぎ取ろうとした
種が浮かんでいた

さらされずに季節を重ねた階段を
踏んで　十字路の排気に出る
表情を羽織った　あなたが
包装された傘を大きく
振って透けていた
合流した踵が押す路面では
鱒の毛が伸び続ける
敷かれた　殻の下でも未だに
発見されていない住処が
脈々と営まれていた

土の混じるひしめきに応じて
この裸足は　薄い生地を歩んでいる

おぼろげな衣を　一枚ずつ　除いていくと
呼称ではとらえがたい　胚が残る
柔らかさを閉じ込めた瞼と
顎の鏃が影を垂らす
果実の腐食　崩れていくほど
確かなものになるね
漂う骨と関節を加熱する握力　赤らむ
瞳が探り当てる　これ以上は
壊れようのない塊
あふれそうな私達の肢体も
そこから生えていた

光源

坂の上の交差点がつぶれ輝いている
漆黒に中身が飛び火して
血漿が青くなった
見回すと　至る断崖で
巣が燃えていく
食卓の呼気が　明星に結露して
果肉をふるわせる

振動の芯からは

ここではない　朝が漏れていて
　球体の傍らで身支度をする　徒党や
音を立てずに決壊した　背骨の
　起伏に伸びた喉元が
遠くより　今に寄せられる
　所在の定まらない　奥処で分泌され
色を変えつつも
人知れず　こぼれ続けている

羅針盤　両膝で
尖った床に触れながら
小部屋の岩肌を搔き混ぜる
緻密なあなたは
厚くなった指を　フィラメントのよう
丸めて　暗がりをつまんでいた

揺らぎを　以て
私の輪郭に光を通わせた

ひとたび
発せられた声紋は
　鼓膜から中耳に潜り込み　蝸牛を
変形させる　行き交う尾灯
　は不在の方角へと屈折して
ふくよかだった月に
　着弾していく
から　陥没しつつある港
　では　施された鼻筋でも　搾られた
頬でもなく　つややかな
　舌が　地底より　隆起する
八方の壁に　象形文字を

刻み付けたかった

「あ　水溜り
底抜けの足元を　雲がのぼっていく
不確かな番地では
重力が　核心へと　透きとおる
粘り気のある流体として
私達　むず痒く
赤くなり　源に届くように
沈んでいった

堆積

夜の闇が繋る木陰から
地中へと崖のように落ちている
土の湿りは黒い海　水平に
照らされた広場が大陸として
横たわり　塗り潰された
歩行者の大きな半身が
踏み荒らしていく
微風よ　思わず目を向けた
店内では大勢の人々の

喋る顔が　音響で磨かれ
天体のように
浮き沈みしている

街に散らばる非常灯は
細胞の中へと　私が
生まれたときから点いていた
路地という路地が
焼き払われて
この四肢は生えたのだ
何周も遅れて　陽の姿を憶え
あなたの顔立ちの窪みから
腕の先へと滑る影を追う
ここは地中　振り向くな
抗おうにも体温は戻ってこない

物質の音が刻む
私達の呼吸を
真っ逆さまな肺を　火球を

伝言の果て　鋭利な器で
平らにされた原っぱがある
転げ込んだまま
出られない　眠りの束が
浮かび上がるのも　夜の闇
流れる毛は長く
海にとっては瞬く間
紙のよう破れそうに膨らんで
喋る顔が見え隠れする
透明な唇こそが　硬い歯を明かす

語らう声をきいているうちに
私達の姿は消えていた
水滴のぎっしりと詰まった
氷のまるみに光が走っている
波紋の底には　沈んだ街が
いくつもあって
よく冷やされた手足が
今さらながら
明日を吸い続けるのだ

Ⅲ　雲を呼ぶ

海原

空を満たし　海は貫く
誰も見たことのないはじまりに
繋がれたまま　潰えず軋んでいる
視界の彼方に触れようと
黒ずんだ渚で濡らした
右手の指の神経は
同じく塩分の泡の加速に崩れかけ
刻まれ　溶け込んだ
魚類の機素や

通りすがりの約束事と共に
表面に滾る曇りの高みを
重ねながら濁っている

歩幅ではかる時刻
波は膨らみ　ちぎれ
一瞬の　巣穴をつくり
隅から隅まで駆られ交差する
水面下の信号の奥行きに
海月の輝きが漂う
柔らかな生体の質量に
落ちてきた鷗が
とたんに空へと曲がっていく
地の孕んだ
裸の眠りの磁力に抗い

痛むだろう　煤けた背骨をのけぞらせ
切り立った境界を跨ぐ

はからずも　水平線を引いてきた
どこまで飛ぼうと縫い目のない
知れない海
押し黙った意図に冷えた
積乱雲の遺跡から
絶え絶えに剝がれてきた水の果て
で垂れている私たちの腕も
上腕から手の甲へ　骨にそって翻り
数多の指の腹に張りついた
砂粒が群がり
微生の集落と都市をなす
そんななりゆきの感触も

ひとつの海原に違いないのだ

経時

夢から覚めると天井に太陽の影が差していた。いつ見ても慣れない手首に念じると、やがて先端が曲がる。鼻の奥底で埃の混じる気配を吸う、幾分か部屋が明るくなる。裸足に伸びた爪、で木を擦る。年輪を飛行機雲が横切った。

触れた跡はゆっくりと消滅する。交互に脚を運びながら、薄暗い台所に侵入し、分厚いセラミックの器に水を着地させる。浮かんできた重心に金属を滑らせる。粉が咲き、鮮血のように満ちた、

腐食の速度の傍らで回す指、細かい毛や皮膚の繋ぎ目に細胞核が詰まっている。どこに

も文字は書かれていない。氏名は散乱する。免許証の磨かれた表面や出力された住民票、あるいは勤め先の磁気に刻まれて、委ねられている。

欠片の集う波打ち際は生々しい。傾けると照明が飛び跳ねた、鼓動を繰り返し、漂流する。振り子の温度に舌が反る、

硝子の向こうで皮のめくれた雲が高らかに分離する。

青くなっていく空を白血球の影がひたすら舞い上がる。黄金色に開通した街中を鉄の糸が縫い始める。遠方の隆起を吸う、

画面をつける、市場の瓦礫に背筋が重なっていた。口腔に含んだ液が濁り、胃へと沈殿していく。循環する、皮膚の裏側から腫れる。

「壊れやすい、私達の形状を、壊したから、報せがくる。

顔のない鳥がアナウンサーの声と共に離陸する。時間を縮めにいく、らしい。押しとどめようと手が包帯を巻いていく。遮るように、天気予報が始まった。

彼方の歩行

裏通りから　さらに隠れて
古いエレベーターを昇る
湿った廊下の片隅の扉を越えて
縺れた上着を脱ぎ　四肢を放り込む
深い渓谷　目を閉じると
手のひらの風が
遠くから吹いてきた
浮きあがった私の頬から
地平の上の　あなたの歩行が見えた

震える蜃気楼
私達は　強い風の中を歩き
崩れながら　それぞれのかたちに
溶け広がっていく
分子の隙間を埋めて
街は転がり　飛翔する
振り向けば建物は入れ替わり
約束事のように　人もいなくなるのに
伸び続けるアスファルト
かつての草原の毛の長い馬は
今や瞼の夜を走り　地下に雪崩を打つ

土の表層は　その時々の焔で
塗りたくられて　賑わっているが

地殻の闇で光るのは文字
灯りを掲げて　歩き続けると
荒ぶ空気に混じり
顔の丘陵に　潜り込む
すべらかな指の
細やかな音色が流れてくる
人工衛星の軌道が描いた
市場の祭壇を　軽やかに跨いで
あなたの刻んだ歌声は
私の瞳孔に　直に触れていく
更新される生活の頭上で
嵐のあとの月面は
黙々と傾いて　太陽を映し出している

今晩も眠れない

目を開くと　大気の発光に
白くなった天井の　小さな空が
滲み込んだ　黒い雲を泳がせている
寝床の硬さに通る　一筋の骨
離れた指先を　手繰り寄せ
折り曲げてみると
動脈が嵩み　静かに音を立てる
あなたも私も　消えることは出来ない
いつしか粒子となって
彼方の屋根に降り積もる

地底水

柔らかな土を踏みながら
私達は地層をのぼっていた
その上には躑躅が咲き膨らんで
人々の列が雲をなしている
若葉のいびつな山頂が
連なって　宙に水脈を伸ばす
奥へと溶け込んでいく樹の重なりに
浮かび上がる闇の空気は
ひんやりと酸素に満ち

両足は　泥濘を覚えた
いずれの方面へと道を辿っても
埋もれた　軽やかな声がきこえてくる
空も　あのときと同じ高度だ
靴底からは
楽器の擦れる音がした

すっと紙飛行機のよう　降り立つ花弁
誰が飛ばしたのか　旋回し
土に呑まれていった
小石は集落をなし
花は一輪ごとに首を落とすように
重力の結末に　吸い寄せられていく
その傍らの　私達の歩行は
潜伏だ　影の横断

骨の動作　岩盤まで一歩ずつ
突き刺していく
聴こえない　音がする
見えない　人々の呼吸が　樹木の間で
澄みわたる

やがて出くわした液の境界では
鯉と指先が曲がっていた
パン屑を投げてみると
水平の片隅が　白く広がり
足元に　波の房がやってきた
肉の静けさに　蠢くもの
色を纏って
飛び出そうとするもの
逆さの街が揺れ　解けていく

地は　私達の漂泊を
いつまでも　留めていた

頰の季節

夜の交差点を行き来する
柔らかな動物達の纏った速度が
引っ付いては　剝がれていく
密かな頰の季節だ
古びた広場の記念碑の周りを
巡る半透明の人々に
添えられた　花葉の湿り気
冷え積もった器官を跨ぐ触覚が

嵩んだ空気を貫通し
熱の戻った口元の　震えを確かめる
うっすらと　舌の先で
指がふと翻り　朶を握る
止むことなく
生まれ続けてきた　音程と
呼吸　破けた語彙が虫の
欠片のように浮かんでいる
光漂う鉄鋼車の輪
ひらいた窓から
捲りあげた腕の拍子が漏れ
今にも折れそうな　耳の中の
静かな骨も　再び集い
膨らむ風に鳴る

見渡すと　八方を覆う窪みがあって
星が散りながら飛行していた
哺乳類の時間が
そこでは未だに流れ
大気を吸い込むと　その濁りに
あなたの息が混じってくる
猛々しい森のよう
匂い揺らいで　隅々の顚末まで
花粉が浸透する

種に覆われ　根のかえっていく
土は幾重にも明るい
ひそめた文字を持ち寄れば　きっと
新しい名前になる

翻訳

s

異形の文字の　すべらかな起伏と
膜にはじめて触れたとき
毟った蔓のような　奇妙な姿は
蜜に富んだ匂いがした
紀元前の頭頂から滑る背と腰
または　とある皮膚にて発見された
傷であったか　伝い出る流線の誕生を
幸い　誰も覚えていない

x

小さな部屋の水晶をともすと
重ねられた　骨の接点に
定義が漂い始めている
噛み合わせの悪い含意から
油の臭いが立ち込め
燻る衝動に　繋ぎ目が疼きだす
市場へと食いしばる輪郭を獲得し
かの腫れを喪失しながら
鋭利になっていく　訳してよ
私は躊躇する　標的に
空輪される先端の切れ味は
声をあげてから　飛沫を噴くのだ

e

換気の唇がくわえる　耳の裏道
不織布を剝ぐと　湿った牙が並んでいた

月のような　久しい目を
迂回しながら　照る
粒子の細毛になだらかな
頬の膨らみへと接近し　伸びた手首を
焦点でこすると波がたつ
管を秘めた柔らかさに被さる
指の丸みが　明るく眠っていた
語彙を当てていくと
私達は　ばらけていって
今にもいなくなるかと思えた

t

歯の隙間から蝮が浮かぶ
しかし　あなたは深みから
私を摑み　引き戻す
摩耗した指紋を　円匙のかたちに寄せて

喉元から剣状突起まで裂いていく
熱の奥にこそ　秩序があった
結びの鳴る胸板　這っていた生命線が
厳かに埋めていく　境界
呼ばれてはならないよ　誰からも
沈黙が　入れかわりながら
新たな姿勢をつくる

i

私達の字体は　翻っている
離れた胴は　発音の届かない領分を
未だに跨いでいた
息が地温を引っかけて
跳ね返ってくる　から　吐き　吸う
部位が取りこぼされるたびに
すくい上げる　どこまでも　異形

手つかずのまどろみ　道もない
生まれたばかりの起伏にて

原形

降り出した雨　車内を
まだら模様に息が満たしていく
空席は　水溜りのように
姿かたちが解けた後の
気配を湛える
まどろみの中で持ち手から
装った朝が発芽する
握りふるした合皮のひびがひらき
血行に丸まり

爪の生え揃った指が
飛び出してみえる
思いおもいの果てをさして
私を　離れ続けている

彼方では
断頭　落とした鼓動は
輪状に　明日へとすりぬける
直視しようにも　光が像をむすばない
こびりついた　平然　冷えた
鞄の留め具を外し
潜水すると　機材のすべらかな配線が
あなたのようだった
密度を宿して　応答し　絡まる
藻で覆われた夕刊を

今に引き揚げる
鉄管の音
土と液　瓦礫の網点が
相互にまみれ　色を揺らしていく

知るはずのない目的地が
近づくと　敷かれた重力は薄まり
窓に溶けていた町工場が
煤けた輪郭を取り戻す　写真と
異なり　かすかに錆の流れる
原形を保っている
勝手口の上で浮かぶ
磨りガラスの傍らに干された
布団と人影が　ふと吸われ
漆黒の部屋はやわらかい

眠れる呼称のために

手元の水晶の向こう岸では
鋼の滴が輝きながら夜空を掻いていく
後にも先にも切れ目なき沈黙が
歩み軋ませる耳の骨
扉が滑ると吹き込んでくる
私達の声の瞬き　ほころびそうな
射程にて　傘がひろがり
無二の春を追っていた

命名

地すべりが起きたらしいよ
世界中の速報が湧き出る液晶から
顔をあげると　空では種が発芽を続けていた

名付けるならば　落下を逸した弾頭。
博士らの曲線とは裏腹に
砂漠で放り投げた小石はかえって来なかった

生まれたばかりの心臓。

鋭利な瞬間より育ち始める疼きと
むきだしになった輪郭　重力を帯びて光を丸め
目の合った太古。
路面のいたる座標に埋まったまま
角膜の片鱗が　微細な痙攣を繰り返していて
陥没した夜闇。
亀裂のまばゆい蜜が膨張し
私達の複写された流体が大気に乾いていく
消えない街明かり。
土をふんわりと覆っていた番地は　きっと
望遠鏡の向こうで　声として飛び交い

火の刻印。
ひかりを浴びた頸脈とかさむ頰が
ひらく歯並びの中心にこそ　所在は浮かんで

音を立てずに垂れる滴。
獣として掻い潜ってきたからには
溶ける姿かたちで　互いに観測を絶やさず

巡るてのひらの捉える熱。
ほのかに照らされたあなたの滑舌
落ちてきた雲の上で　鼓動は隅々まで湿っている

雲の国

人のいない車内の床に焼きついた足の痕跡を、
覚えて改札を出ると、街の隅々まで水浸しだった。
風が指をそらせて懐中電灯のように探る、
あなたの忘れた爪も持ってきた、

古書をひらくと　丁度
目の前の雲について書かれている
一度たりとも　姿を繰り返さず　渦の交点で
辛うじて原形を留めている

誰かの描いた路上で
無軌道に啄む煤けた翼や
信号機の結界を　隕石の大きさで
横切る水素バスの　鱗粉を
束ねながら　空には時折　雲の国があらわれる
何もないところから　素子の集落が
火を焚き膨らんで

肢が影として伸びていく。
秒針をたぐると手首の枝が冴えて、
褐色の羊皮紙に刻まれた王妃の頚脈に、
冷えた木肌と自転があてられた、
から今は毛を巻いた夕波が瞬いている。
視線を離した隙に、雲の境は変わっていた。
「崩れた塔にのぼったことがある、

野晒しの瓦礫の丘では
轍が陽射しへと溶けつづけ
観光客が石英に向けて微笑んでいた
時刻は鳥の速度で発っていく
航空機の形状には未だに慣れない
雲の中葉に　確かな声が積もっている

通りすがりの焰が匂う。
肺のあたりが歓楽街と明るんで、
荒れた地殻が見えてきた。隆起のもとで、
重なる臍の根を数えることはできない。

ながい漂泊を　経て
符合する　人々の顔に混じりつつ

辻褄の合わないあなたが　目を出してやってきた
私達は　再び気象を追いかける　早足で
歩きながら　先々の
眠りのことを考えていた
発芽するようにこぼれていくね
等圧線を潜り抜けると　とめどなく
液晶の小径が　湧いていた

佐峰 存
詩集『対岸へと』(二〇一五年、思潮社)
第一回西脇順三郎賞新人賞奨励賞受賞

雲《くも》の名前《なまえ》

著者
佐峰《さみね》 存《ぞん》

発行者
小田啓之

発行所
株式会社 思潮社
〒一六二－〇八四二　東京都新宿区市谷砂土原町三－十五
電話 〇三（五八〇五）七五〇一（営業）
〇三（三二六七）八一四一（編集）

印刷・製本
創栄図書印刷株式会社

発行日
二〇二三年十月十五日　第一刷　　二〇二四年一月十五日　第二刷